AF363721

TABLEAUX ANCIENS

ARRIVANT DE L'ÉTRANGER

ET PROVENANT EN PARTIE DE LA

COLLECTION DE M. VANDEN BROECK

de Gand

EXPOSITION PUBLIQUE :

Le Mardi 12 Novembre 1872

DE UNE HEURE A CINQ HEURES

EXEMPLAIRE DE DHIOS

COMMISSAIRE-PRISEUR	EXPERTS
Mᶜ CHARLES PILLET,	MM. DHIOS ET GEORGE,
10, rue de la Grange-Batelière.	33, rue Lepeletier.

CATALOGUE

DE

TABLEAUX ANCIENS

ARRIVANT DE L'ÉTRANGER

et provenant en partie de la

COLLECTION DE M. VANDEN BROECK

de Gand

Parmi lesquels on remarque des œuvres de

Breughel, Ch. Breydel, Craesbeck, G. de Crayer, Croos, Gerrit Cuyp, Everdingen, Paule Ferg, Van Falens, Van Goyen, A. Gryef, Guardi, De Heem, Hugtenburg, Jordaens, Van Kessel, Loutherbourg, N. Maas, Mierevelt, Jean et Klaas Molenaer, F. Moucheron, Isaac Ostade, Poelemburg, Soolmaker, Pierre Wouwerman, Zeeman, etc.

Remarquable triptyque par J. Van Schoorel

VENTE AUX ENCHÈRES PUBLIQUES

HOTEL DROUOT, Salle n° 5

Le Mercredi 13 Novembre 1872, à 2 heures

Par le ministère de Me **CHARLES PILLET**, Commissaire-Priseur,
10, rue de la Grange-Batelière.
Assisté de MM. **DHIOS** et **GEORGE**, experts, rue Lepeletier, 33.
Chez lesquels se distribue le présent Catalogue.

EXPOSITION PUBLIQUE : *le Mardi 12 Novembre 1872,*
DE UNE HEURE A CINQ HEURES

CONDITIONS DE LA VENTE.

———

Elle sera faite au comptant.

Les adjudicataires payeront *cinq pour cent* en sus des enchères.

L'exposition mettant le public à même de se rendre compte de l'état des objets, il ne sera admis aucune réclamation une fois l'adjudication prononcée.

Paris. — Typ. PILLET fils ainé, rue des Gr.-Augustins, 5.

DÉSIGNATION

ARTOIS. (van)

1 — Bouquet d'arbres et massifs de verdure.

BOONEN (arnold)

2 — Portrait d'homme.

Coiffé d'une longue perruque, enveloppé d'un manteau rouge, il a à la main un portrait d'homme.

BREUGHEL DE VELOURS

3 — Le Jour de marché.

Route, au bord d'un canal, animée d'une quantité de petites figures

BREUGHEL

4 — Fête villageoise.

5 — Village au bord d'un canal.

Deux pendants.

BREYDEL (LE CHEVALIER)

6 — Une bataille.

Les combattants occupent tout le premier plan ; l'action se poursuit dans le lointain, sur les bords d'une rivière, à quelque distance d'une ville fortifiée.

BREYDEL (C.)

7 — Paysage avec figures.

8 — Pendant du précédent.

CARRÉ (MICHEL)

9 — Le Passage du gué.

CASKELS

10 -- Port de mer.

Composition enrichie d'une infinité de petites figures.

CASTRO (L.)

11 — Port de mer.

CHALLES

12 — Vénus et Adonis.

CORTONE (PIÈTRE DE)

13 - La Vierge et l'Enfant Jésus.

CRAESBECK

14 — Portrait de Guillaume Benkels de Biervliet.

L'inventeur de l'art d'encaquer le hareng est représenté
à mi-corps, de grandeur naturelle.

CRAESBECK (Attribué à)

15 — L'Empirique.

CRAYER (GASPARD DE)

16 — Job.

Grisaille. — Première pensée du grand tableau de Crayer, aujourd'hui au musée de Toulouse.

CROOS

17 — Paysage.

Chariot et cavalier sur une route; ville de Hollande au second plan.

CUYP (GERRIT)

18 — Portrait d'enfant.

C'est une petite fille dans un élégant costume enrichi de guipures, tenant d'une main un hochet et de l'autre un singe en laisse.

CUYP (GERRIT)

19 — Portrait d'enfant.

En pied, tenant d'une main des cerises, et de l'autre un hochet.

DIEPENBECK

20 — Le Joueur de flûte.

DROOGSLODT

21 — Les Patineurs.

Nombreux personnages sur un canal de Hollande dont les rives sont bordées d'habitations rustiques.

ELZHEIMER (ADAM)

22 — Jésus et les pèlerins d'Emmaüs.

ESMAN (JEAN)

23 et 24 — Trophées de chasse, lièvre et perdrix.

Deux pendants, signés et datés 1833.

EVERDINGEN ET LINGELBACH

25 — Paysage, site de Norvège.

A gauche d'énormes rochers garnis de sapins et d'où s'échappe une cascade. Sur une route à droite, des muletiers et des colporteurs.

FERG (PAULE)

26 — Paysage avec figures.

FALENS (VAN)

27 — Le Retour de chasse.

GORP (VAN)

28 — Composition allégorique.

GOYEN (JAN VAN)

29 — L'Arc-en-ciel.

A gauche, massif d'arbres au bord d'un canal sur lequel on voit deux barques de pêcheurs. A droite, une prairie. L'arsen-ciel se détache sur des nuages grisâtres.

30 — Le Petit tertre.

>Deux villageois sont arrêtés auprès d'un monticule sablonneux, en avant d'une plaine qui se perd dans le lointain.

>Ces deux petits tableaux sont d'un coloris à la fois blond et argentin qui a conservé toute sa première fraîcheur; ils sont de forme ronde et forment pendants.

GRIMOUX

34 — Portrait du Régent.

GRYEF (ADRIEN)

32 — Le Paradis terrestre.

GRYEF (ADRIEN)

33 — Chasseur sonnant du cor et trophée de gibier.

34 — Repos du chasseur.
>Pendant du précédent.

GUARDI

35 — Vue de Venise.

HALS (Attribué à FRANS)

36 — Le Voleur de chats.
>Figure à mi-corps.

HEEM (DAVID DE)

37 — Nature morte.

Citrons, noix et poissons dans des plats de métal, vidre-
come, coupe en argent, etc.

HEEM (DE)

38 — Fruits sur une coupe de cristal.

HOBBEMA (D'APRÈS)

39 — Le Moulin à eau.

HOET (GÉRARD)

40 — Nymphe endormie dans un paysage.

HUGTENBURG (JAN VAN)

41 — Combat de cavaliers.

Beau tableau du maître.

HUGTENBURG

42 — Choc de cavalerie.

JONG (DE)

43 — Terrains sablonneux.

44 — Bouquet d'arbres.

JORDAENS

45 — Étude de vieillard.

Figure à mi-corps.

KALF (D'APRÈS)

46 — Intérieur de cuisine.

KESSEL (DE VAN)

47 — Légumes et ustensiles de cuisine.

LAIRESSE (GÉRARD DE)

48 — L'Automne.

Gracieuse composition allégorique.

LANGE (J.-HENRI)

49 — Portrait de femme.

Costume Louis XIII, robe noire, collerette et manchettes de guipure. Accoudée sur un balcon et tenant un chasse-mouches.
Ce portrait rappelle les œuvres de Van Dyck.

LAMBRECHT

50 — Les Marchands de légumes.

51 — Même sujet.

Pendant du précédent.

LEDOUX (Attribué à Mlle)

52 — Tête de petite fille.

LOUTHERBOURG

53 — Animaux au repos.

MAAS (NICOLAS)

54 — Portrait d'un seigneur.

A mi-jambes, une main sur la hanche, l'autre appuyée sur un chapiteau.

MAAS (NICOLAS)

55 — Portrait de femme.

Elle est debout à l'entrée d'un parc, vêtue d'un riche costume en satin.

MAERE 1787 (signé P.-B. DE)

56 — Les Cadeaux du nouvel an.

MICHAU (THÉOBALD)

57 — Les Travaux de la ferme.

MIEREVELT (MICHEL)

58 — Portrait d'homme.

Signé.

59 — Portrait de femme.

Pendant du précédent.

MILET

—60 — Paysage.

MOLENAER (JAN)

61 — Une noce hollandaise.

Jolie production de l'artiste, animée d'une trentaine de personnages.

MOLENAER (KLAAS)

62 — Vue de Hollande.

Habitations rustiques au bord d'une rivière et figures de pêcheurs au premier plan.

MOLA (FRANCESCO)

63 — Paysage. — La Madeleine et deux anges.

MONNOYER (BAPTISTE)

64 — Bouquets de fleurs.

65 — Fleurs.

Pendant du précédent.

MOUCHERON (FRÉDÉRIC)

66 — Paysage, campagne boisée.

Sur une route, au premier plan, une villageoise à cheval demande son chemin à une femme assise au bord d'une route.

MOUCHERON

67 — Paysage animé de petites figures attribuées à Lingelbach.

NEYS (JACQUES DE)

68 — Le Chien et la perdrix.

OOST (J. VAN.)

69 — Portrait d'homme.

70 — Portrait de femme.

Signés et datés 1657.

OSTADE (ISAAC)

71 — La Lecture de la gazette.

Composition de trois figures, très-agréable d'effet et d'une coloration fine et harmonieuse.

OSTADE (ÉCOLE D')

72 — Les Deux musiciens.

PALAMÈDES

73 — Portrait d'homme.

En buste, la main placée sur un baudrier brodé.

POELEMBURG

74 — L'Adoration des bergers.

RUYSDAEL (Attribué à SALOMON)

75 — Marine.

SAVERY (ROLAND)

76 — Le Paradis terrestre.

SCHIDONE (BARTOLOMEO)

77 — Ecce Homo.

Cinq figures de grandeur naturelle, à mi-corps.

SCHOOREL (JAN VAN)

78 — Triptyque.

Sur le panneau principal, le Christ en Croix, saint Jean et la Vierge ; sur les volets, plusieurs figures de saints et portraits de donataires.

SOOLMAKER

79 — L'Abreuvoir.

Des villageois amènent leurs bestiaux, ânes, chevaux, chèvres et moutons, à une fontaine placée auprès d'une colonnade en ruines.

STEEN (D'après JAN)

80 — Repas hollandais.

STRY (Attribué à VAN)

84 — Vaches dans une prairie.

STRY (Attribué à VAN)

82 – Pâturage.

Deux vaches couchées et une debout au pied d'un arbre.

SWANEVELT (H.)

83 — Entrée de bois.

TENIERS (École de David)

84 — Villageois à la porte d'une cabane.

TINTORET (d'après)

85 — La Chute de Saint Marc.

THULDEN (VAN)

86 — Sujet tiré de la mythologie.

VELDE (Ecole de Vanden)

87 — Marine.

VERBRUGGEN

88 — Bouquet de fleurs dans un vase.

V. B. (Initiales)

89 — Roses et tulipes dans un vase de cristal.

Ce tableau est signé des initiales V. B. et daté 1663 ; il offre la plus grande analogie avec les œuvres de Daniel Zeeghers.

VERNET (H.)

90 — Le Massacre des janissaires.

Esquisse.

VRIES (J. R. DE)

91 — Pâturage.

Brebis et chèvres sous la surveillance d'un jeune garçon.

WETT (DE)

92 — L'entrée de Jésus dans Jérusalem.

WOUWERMAN (PIERRE)

93 — Effet d'hiver.

> Près d'un pont couvert de neige, un chasseur tenant son chien en laisse et trois hommes qui cassent la glace. Plus loin, un cheval attelé à un traîneau.

ZEEMAN (R.)

94 — Flotte hollandaise.

> Ravissante qualité du maître.

ZORG (H. M. ROQUES)

95 — La Marchande de légumes.

ANCIENNE ÉCOLE FLAMANDE

96 — Portrait de femme.

> Coiffe blanche, costume noir, elle tient une aumônière.